이혜란 시집

하늘에서 온 편지

국립중앙도서관 출판예정도서목록(CIP)

하늘에서 온 편지 : 이혜란 시집 / 지은이 : 이혜란. -- 서울 : 한누
리미디어, 2017
    p. ;   cm

ISBN 978-89-7969-744-5 03810 : ₩10000

한국 현대시 [韓國現代詩]

811.7-KDC6
895.715-DDC23   CIP2017013801

이혜란 시집

하늘에서 온 편지

한누리미디어

고목나무에도 꽃이 필 날 있었네

오랜 시간이 흐르고 흘러
기쁨의 날이 동을 트누나

아, 아 그렇게도 컴컴했던 날들이
변하여 광명의 날이 시작되누나

이제 꽃봉오리가 생겼으니
열매를 거둘 날도 멀지 않았네

아, 아 그 열매의 맛이 어떠할까
아, 아 참으로 기대가 넘치누나

기쁨으로 맺은 만찬의 열매
모든 이와 함께 하고 싶어라

차례

제1부　인생의 발자취

이혜란 시집

제2부 나의 등불 생명의 꽃들

11

차례

제3부   그리운 추억

이혜란 시집

제4부 기쁨의 열매

13

차례

제5부 길 잃은 새

제6부 영원히 잊지 못할 얼굴들

15

제 1부

인생의 발자취

사랑의 이별

그동안 힘든 가운데서도
사랑의 본을 보여주신
고 김홍자 권사님

꿈같은 현실이 진실이라니
어디선가 웃음 지으며
보일 것만 같아라

그렇게도 몸과 마음을 쏟으며
목사님의 오른팔이 되었던
고 김홍자 권사님

아 아, 잠시 이별의 쓴잔을 마시며
하나님이 예비하신 혼인잔치에
우리 모두 함께 하리

위대한 사건들

손자 손녀들은
'우리들이 있잖아요'
모든 상처가 아픔과 동시에
온 천하를 다 얻은 기쁨

손자들은
이 할미 걱정에
하루중 한 끼를 금식

파지를 하다가도
먼저 간 딸이 있다면
'엄마 내가 도와줄게
집에 가만히 있어'

딸을 기증하였으니
나도
기증할 것이고

십자가 사랑이
온 우주에
함께 하기를

19

우리 집 가훈

첫째
하나님께
충성하고

둘째
부모님께
효도하고

셋째
이웃과
화목하고

하늘에서 온 편지

눈은 아름다운 옷을 입고
선녀같이 땅 위에
사뿐히 내려앉아

아름다운 멜로디로
지구의 모든 것들에게
웃음과 기쁨과 희망을
듬뿍 안겨주고

지구의 모든 것들에게
생명을 주고
유유히 웃음 지으며 사라지네

꽃 사랑

꽃은
아름다움과 향기를 품어내고
사람들의 가정교사 의사도 되고
미용향 재료와 기쁨과 부도 주고
사람 동물 곤충들의 먹이도 되고
티끌이 되어 식물들의 만찬도 된다

화목

하나님과 화목하면
부모님과 화목하고

이웃과 화목하면
더불어 나라가 화목하고

신뢰가 쌓이면
온 세계가 화목해진다

영원한 보약

성경 말씀을 잘 소화하면
영원한 보약이 되고

자연을 잘 이해하면
영원한 보약이 되고

사람들과 잘 어울리면
영원한 보약이 된다

어떤 가치로 살까

자석이 있는 곳에 쇠가 모이고
웅덩이 있는 곳에 물이 모이고
주검이 있는 곳에 독수리가 모인다

정의가 있는 곳에 정의가 모이고
죄가 있는 곳에 죄가 모이고
사랑이 있는 곳에 사랑이 모인다

덜 늙는 비결

대한의 아름다운
금수강산에 태어남을
감사하고

전쟁이 일어나도
먹을 것이 없어도

아름다운 미소로
젊음을 추억하며

오늘과 내일을
맞이할 때…

통하면

마음이 통하면
뜻이 통하고

뜻이 통하면
길이 통하고

길이 통하면
꿈이 통한다

사랑할 때

사람들과 동물들은
쓰다듬어줄 때
좋은 엔도르핀이 풍성하고

이름 모를 초목들과 수풀들은
사랑하는 마음으로 바라볼 때
좋은 향수로 화답하고

물은 통에 받아서 저어줄 때
사람들에게 해로운 것을
증발시킨다

이혜란 시집

크기만큼

그릇이 작으면
작은 만큼 포용하고

그릇이 크면
큰 만큼 포용하고

예수님의 성품을 닮으면
세상을 다 포용한다

건강하려면

산모 건강이 회복되는 날은
아가 백일 되는 날

치아를 건강케 하려면
백일까지
바다의 해조류와 북어국이 좋다

노인들의 건강을 지키려면
골다공증에
뱅아포를 복용하면 좋다

참맛

발효된 음식이 참맛을 내며
영양이 풍부하고
좋은 영양을 발휘하듯이

인생의 쓴맛 단맛을 맛보며
살아갈 때
좋은 활력소가 넘쳐나리

천릿길도 한 걸음부터

우주 완주도
한 걸음부터

하나의 별들이 모여
자신을 뽐내듯이

자신의 부도
어제와 오늘과 내일이 하나 될 때

지식의 부도
엄마로부터 죽음에 이를 때까지
지속된다

이혜란 시집

사랑방

사랑방은
생사고락을 같이 하는 곳

마을 나라 세계의
움직임을 아는 곳

나의 사랑방을 통해
꿈을 키우자

인생의 발자취

베틀 앞에 앉아
베를 한 올 두 올 짜서
한 필이 되어 옷이 되듯이

24시간 하루 하루를
병풍을 그리며
오늘도 조심조심 짜본다

단꿈

아가가 엄마의 품속에서
쌔근쌔근 단잠을 자듯이

인생이 하나님의 말씀 속에서
단꿈을 꾸며
하나님의 품에 안기리

말의 씨대로

아이고 죽겠네 아이고 죽겠네
늘 반복하며 살면
작은 걱정 작은 병도
점점 깊어만 가고

아이고 살겠네 아이고 살겠네
늘 반복하며 살면
희망이 넘쳐
큰 병도 점점 작아지리

졸업하는 날

이제 일 년만 있으면 정든 학교
교실 선생님들과 벗들을
졸업과 함께
모두 이별하는 날

이제 일 년만 있으면 새 학교
새 선생님들과 벗들과 함께
배움의 고리를 이어
새 출발이 시작되는 날

37

제 **2** 부

나의 등불 생명의 꽃들

승리

마라톤 선수가 오직 앞만 보고
목적지를 향하여 변하지 아니 하고
바람, 비, 눈, 땅, 아픔, 목마름, 숨찬 것
이 모든 것을 극복해야 골인한다

인생도 어떤 어려움 아픔 배고픔
슬픔 뜨거움 차가움 멸시 천대를
인내하며 참음으로 이겨낼 때
바람과 함께 희망의 새싹이 보인다

인생의 수레

치아는 의사의 지혜와 생각의
손길이 골고루 투입될 때 건전하고
튼튼한 치아가 탄생된다

인생의 수레바퀴도 지혜와
생각의 짜임새가 잘 맞춰질 때
비로소 인생의 수레를 잘 돌린다

태극기

선조들의 피 끓는 애국정신 이어받아
이 메아리를 마음 문 열고
깊이 깊이 들어보자

하루하루를 보람 있게 살아갈 때
만방에 부끄러움 없는
대한의 아들들과 딸들이어라

42

보살핌

씨앗도 농부들의 정성어린
보살핌과 하나님의 손길이
함께할 때 풍성한 열매로
지속되리

가정도 부모의 정성어린
보살핌과 하나님의 손길이
함께할 때 알찬 지성인으로
뻗어가리

43

파묻힌 보물

흙속에 파묻힌 진주
언제 밝은 빛을 보며
제 모습 뽐낼까

아지랑이 아물거리는
세월 속에서
언제 제 모습 뽐낼까

용광로

쇠는 용광로 속에서
불순물을 제거시키고
새롭게 탄생한다

인생의 어려움도
고통의 용광로를 통해
새 옷을 입고
새롭게 탄생한다

참효

옛날 옛날에 어떤 자부는
강산이 몇 번 바뀌어도
고기 한칼 대접 못하여
자신의 허벅지를 저며 봉양하였다

이렇게 아름다운 효의 향이
다시 꽃피워 나간다면
미래는 밝은 태양이 떠오르듯
무지개 꽃동산 이어나가리

옛 추억의 향수

등불은 어두움과 두려움을
쫓아내며 평안과 위로를 주며
오순도순 모여앉아 이야기들로
꽃피우며 낮의 힘들었던 일들을
잊은 채 바느질을 계속하다

밝은 태양이 솟을 것을 꿈꾸며
이웃에서 들려오는 다듬이
방망이 소리를 자장가로 알고
곤한 잠에 빠져 든다
아~ 아~
지금도 가슴 속에서 메아리친다

한글의 깊이

한글 사랑 나라 사랑
한국 자랑 내 자랑

한글 사랑 나의 생명
한글 사랑 나의 숨결

한글 사랑 나의 보배
한국의 얼 나의 얼

메주방아

그 옛날 메주방아
참새들의 지저귀는 소리 들으며
쿵덕쿵 쿵덕쿵

지금의 메주방아
베토벤의 경쾌한 음악에 맞추어
쿵덕쿵 쿵덕쿵

미래의 메주방아
아가들의 우주왕래 소식을 들으며
쿵덕쿵 쿵덕쿵

49

동심체

내가 움직이면
거울 속의 나도
같이 움직인다

내가 움직이면
나의 그림자도
같이 움직인다

마음이
움직일 때
문도
같이 움직인다

나의 등불 생명의 꽃들

나의 가슴 속에서
영원히 빛나는
생명의 등불
생명의 꽃들

나의 머릿속에서
영원히 빛나는
생명의 등불
생명의 꽃들

더 넓게 온 세상을 비추는
영원히 빛나는
생명의 등불
생명의 꽃이 되거라

51

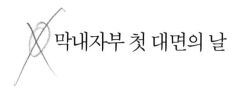

막내자부 첫 대면의 날

아장아장 걸음마로 시작하여
이곳까지 등장함을 진심으로 환영

앞으로 둘이 셋이서 힘을 합쳐
험난한 세상을

십자가로 방주 짓고
말씀으로 노를 저어

저 영원한 천국에서
영원한 기쁨을 누리거라

쨍하고 해뜰날

어떤 농부가 배고픔을 참고
인내하며 기다릴 때
쨍하고 해뜰날 돌아온단다

가시덤불 속에서도 엉겅퀴는
자라고 자라서
사람들의 만찬에 오른다

죄수가 희망을 안고
탈옥을 인내하며 기다릴 때
쨍하고 해뜰날 돌아온단다

53

나의 동반자 쑥뜸봉

쑥뜸봉은
나의 호흡과도 같아여라

인간들이 하루중 잠을 자듯이
매일매일 쑥뜸봉은 나의 벗이어라

쑥뜸봉을 통해
나의 건강이 호전되고 있다

쑥뜸봉을 통해
세상 모든 이의 건강이 호전되고 있다

쑥뜸봉은 나의 친구
나의 영원한 벗

쑥뜸봉은 외로운 자나 슬픈 자와
모두를 감싸주는 영원한 벗

쑥뜸봉은 모두에게
희망을 주는 영원한 벗

54

새 창조

그 옛날 하늘은
마치 화가가
병풍을 그려놓은 듯
반짝 반짝

지금의 하늘은
마치 화가가
먹칠이라도 한 듯
어두컴컴

미래의 하늘은
새 창조 되어
광명이 넘쳐
계속 이어가리

나그네 길

머나먼 인생길
십자가로
방주 짓고

말씀으로
노를 저어
내 고향 찾아가리

동생을 그리며

어여뻤던 나의 동생
한 입에 꿀꺽 삼켜버리고 싶었던
동생아

아~ 아~ 이제라도
예수님만 영접하면
저 천국은 너와 나의 것일 것을…

환자 딸을 생각하며

아가야 일어나
꽃씨를 뿌리렴
모든 이가 좋아하게

아가야 일어나
꽃씨를 뿌리렴
모든 이가 기뻐하게

아가야 일어나
꽃씨를 뿌리렴
모든 이가 찬미하게

아가야 일어나
꽃씨를 뿌리렴
모든 이가 부활하게

쉼터

어둡고 컴컴했던
중년의 여인들
정자나무 쉼터에 걸터앉아

옛이야기 꽃피우며
지난날의 일들을
정자나무 쉼터에 둘러앉아

쓰리고 아팠던
지난날의 일들을
정자나무 쉼터에 풀어놓고

미래의 길 꿈꾸며
희망찬 모습
정자나무 쉼터에서 지혜를 모아

밝은 길 비추소서
우리들의 앞날에
저 영원한 쉼터에서 다시 만나리

땅

땅은
사랑의
원자탄

땅은
동물 곤충 식물들의
영양 보급소

땅은
동물 곤충 식물들의
활력소

땅은
동물 곤충 식물들의
휴식처

성령의 힘

나 혼자서는 할 수 없어도
성령님께서 도우시면
무엇이든 할 수 있고

나 혼자서는 할 수 없어도
성령님께서 도우시면
어디든지 갈 수 있고

나 혼자서는 할 수 없어도
성령님께서 도우시면
무엇이든 이룰 수 있다

63

시대의 흐름과 변화

그 옛날 나의 하님 고패는 지금
어디에서 무얼 하고 있을까

여자는 시집가면 남편의 하님
자녀와 손자들의 하님

지금은 병석에 누워 있는
딸의 하님이로세

감사와 찬송

여호와를 찬송하리로다
우리를 지으신 이에게 찬송하리로다
우리를 주관하시는 이에게 찬송하리로다
우리 죄를 대속하신 이에게 찬송하리로다
우리에게 영생을 주시는 이에게 찬송하리로다
우리에게 소망을 주시는 이에게 찬송하리로다
우리를 영접하시는 이에게 찬송하리로다
우리에게 만물을 주시는 이에게 찬송하리로다
천지를 주관하시는 이에게 찬송하리로다

열쇠

빛은
어두움을 쫓는 열쇠

사랑은
죄를 덮는 열쇠

믿음은
천국 가는 열쇠

천사의 얼굴

그리스도의 피 공로를 믿는 자는 천사의 얼굴
스데반 집사님의 얼굴
천사의 얼굴

그리스도의 피 공로를 믿는 자는 천사의 얼굴
이스라엘 영도자 모세의 얼굴
천사의 얼굴

그리스도의 피 공로를 믿는 자는 천사의 얼굴
선지자 다니엘의 얼굴
천사의 얼굴

그리스도의 피 공로를 믿는 자는 천사의 얼굴
고 김영자 성도님의 얼굴
천사의 얼굴

그리스도의 피 공로를 믿는 자는 천사의 얼굴
우리 죄를 대속하신 예수님의 얼굴
천사의 얼굴

기도문

머리털 한 가닥도 검고 희게 할 수 없는
우리 나약한 인생들
주신 자도 하나님
취하시는 자도 하나님
예수님도 십자가의 고난의 쓴잔을
앞에 놓고 기도하신 말씀
이 잔을 옮길 수만 있다면
내게서 옮기시옵소서
그러나 내 뜻대로 마시고
아버지의 뜻대로 하옵소서
그렇게 기도하셨네

나약한 우리 인생
하나님의 뜻이 어디에 담겼는지
이 부족한 것은 모르오나 하나님의
영광을 가리는 일이 없게 하시며
아버지의 뜻대로 하옵소서
기도할 뿐이네
예수님의 이름으로 기도합니다
아멘

고향의 봄

추운 겨울을 지나
새봄이 왔다고
진달래꽃은 손짓하며
나팔을 불어댄다

앞산 뒷산에 아름다운
단장을 다 마치었다고
개굴개굴 개구리들과 함께
나팔을 불어댄다

진정한 자유

내가 어른이 되면
벌, 구반, 잔소리
야단 안 맞아도 되겠지

드디어 어른이 되었다
그러나 또 다른 세계가
나를 억누른다

진정한 자유는
예수님의 피로 죄 사함 받고
저 천국을 소유하는 날

참사랑

오늘 만났다
내일 헤어지는 사랑
안개 같은 사랑

검은 머리 파뿌리 되도록
손을 잡아주는 사랑
참사랑

즐거운 날

소풍가는 날은
즐거운 날

명절날은
즐거운 날

손자 손녀 만나는 날은
즐거운 날

자연

자연이 살아야
내가 산다

자연이 건강해야
내가 건강하다

자연이 행복해야
내가 행복하다

73

수다

수다
수다는 질병을 몰아낸다

수다
수다는 근심을 몰아낸다

수다
수다는 희망을 초대한다

꽃중에 꽃

꽃
꽃은 아름다움을 품어낸다

자연
자연도 아름다움을 품어낸다

선한 사람
선한 사람도 선함을 은은히 품어낸다

주님 오신 날 가까워

아가야
게으름 그만 피우고
이제 속히 일어나거라

아가야
동이 터오는 것 같구나
속히 일어나거라

아가야
신랑을 맞을 때가 된 것 같구나
속히 일어나거라

부모님의 사랑

나의 아버지는 비록
짧은 생애를 마감했지만
그 사랑은 영원하리

부모님의 사랑이
지금도 망망대로를
쉬임없이 걸어가고 있다

그 깊고 깊은 사랑은
받아본 자만이
영원히 간직하리

만 칠십 년이 넘어서야
그 사랑의 깊이를
맛보다니!

승리

어둠이 지나고 나면
밝은 아침이 오듯이

슬픔과 고통이 지나고 나면
광명의 날이 나를 반기네

이 모든 슬픔을 이긴 자만이
영광의 날에 참예하리

하나님의 사랑

하나님은 온 인류와 동물 곤충
식물들에게 태양과 달, 별, 바람
비, 눈 등으로 지구의 모든 것들에게
사랑의 호흡으로
항상 쓰다듬어 주신다

우리도 이 사랑에 감탄하여
갈대밭에 바람이 오가듯
가족 이웃 나라가 사랑으로 이어질 때
온 세계에 사랑이 메아리칠 때
온 세계에 평화가 넘쳐나리

그리운 추억

삼대가
한 지붕 한 식탁 한 마당에
모였었네

아~ 아~
옛 추억을 그리며 웃음꽃이
활짝 피었었네

아~ 아~
오늘 이 시간은 그대로
멈췄으면 좋겠네

옛 추억의 정자나무에서
삼대가
사진도 찍고

다시 이런 날이
또 올 것을 간직하며
아쉬운 발걸음을 옮겼네

80

내 고향의 추억들

꼬끼요 닭울음소리에
하루가 시작된다
제비들은 지지배배
해님은 방긋
냇물은 졸졸
아낙네들의 물동이 나르는 소리
남정네들의 밭가는 소리

어느새 해님은 뉘엿뉘엿 저녁노을과 함께
인사를 한다
하늘에서 반짝이는 총총한 별들도
어느새 인사를 한다

사랑방에서는 구수한 이야기 소리와 함께
남정네들은 새끼를 꼬며
짚신도 만들고
아낙네들은 이웃에서 들려오는
다듬이소리를 들으며
호롱불 앞에 둘러앉아 바느질을 한다

아~ 아~
아름다운 내 고향 가평이여

제4부

기쁨의 열매

나의 유산

내가 남기고 싶은 유산은
지금까지 살아온 내 삶 자체가
너희들에게 유산이 되고 싶구나

나의 유산으로
만약에 집이 있다면 권선교회로
또 다른 재산이 있다면
모두 모아 학교 장학금으로
나같이 못 배운 젊은이들에게
희망의 꽃과 밑거름이 되게
기증하고 싶구나

마지막 남는 내 육신은
아주대병원에 시신 기증으로
의술계발에 희망을 주는
꽃이 되고 싶구나

문상객 여러분
슬퍼하지 마시고
힘찬 박수로 이별을

참사랑

올케 새언니의 음성 듣고
어머님의 자장가처럼
잠이 올 것만 같아서라

몇십 년을 들어도
잠에 취해 버릴 것만 같아서라

검은 머리 파뿌리가 되어도
참사랑의 원천이어라

인생길

인생길 짧다지만
기나긴 여행길

기쁨은 번개처럼
슬픔은 영원토록

내 가는 그 길에
그림자도 영원히

그 어느 누구도
눈물 없이는 못가는 길

인생들의 길이어라

고향의 향수

고향은
어머님의 품속과 같은 곳

고향의 품속은
질병이 치유되는 곳

고향의 향수는
마음의 질병도 치유되는 곳

희미한 등불

희미한 등불이
나를 인도하듯이

희미한 믿음이
나를 인도하시네

그 믿음이 천국 가는 날까지
타오르게 하소서
아멘!

대한의 등불이여
세계를 비추소서

손녀의 선물

초등학교 2학년 손녀
할머니 할머니 옛날 이야기 해 줘요

일제시대 자랄 때 육이오 때
살아가는 이야기를 해줬다

아하 알았다 울엄마가 왜?
그렇게 인내심이 많은가 했더니
울엄마가 울할머니를 닮았구나

손을 번쩍 들며
할머니 할머니 우리가 있잖아요

온 천하를 다 얻은 기쁨…
내 지친 모든 상처가 아물었네

나의 친구 예수님

나의 몸과 마음이
많이많이 아프구나
꿈속에서도 아픔이
계속 계속 이어가누나

나의 주님 나의 친구여
나의 병든 몸과 마음을
아시는 주님 주님만이
간절한 친구가 되소서
아멘

동생은…

동생은
비둘기 열세 마리
배웅 받는 즐거움을 누린다

다음엔 누구를
어떤 기쁨을 나눌까
한없이 기대가 넘쳐 흐른다

동생은 해와 달과 향기가 넘치는
무대 위에서 항상 새들의 반주에 맞추어
자연의 잔을 들고
소망이 넘치는 작별의 고리를 이어간다

아마도 그 얼굴들은 다 기억 못해도
동생은 숨은 무엇이 그리 많은지

참이슬

모든 식물이
이슬을 먹듯이

모든 동물은
단잠으로 힘을 얻고

참이슬 예수님을 영접하면
영원히 목마르지 않다

태양의 활력소

오늘은 태양이 동쪽에서
불끈 솟았구나

아~ 아~ 아름다운 태양이여
영원히 비추소서

나의 사박이들이여
모든 이에게 비추소서
아멘

93

기쁨의 열매

죽고만 싶었던 세월들
굳은 땅에 물이 고이듯

그동안 시련을 통하여
나의 열매는 익어가고 있었다

늦게나마 보화의 열매를
가득 가득 맺혀 보자

뜻을 향한 만큼

개미와 하마의 위가 다르듯
소화량도 각각 다르다

농부가 뿌린 만큼
추수하듯이

토끼와 거북이의 경주처럼
목표를 향하여 인내할 때다

영원한 평안

용광로를 통해 보석이
다시 태어나듯이

힘들었던 삶의 과정을 통해
다시 태어나고 있다

주어진 삶을 통해
영원한 안식처로 골인

참맛

장미는 찔레에
감나무는 고욤나무에
접붙이듯이

발효된 음식이
조화를 이루듯

음식도 궁합이 맞을 때
좋은 맛을 낸다

내 고향

새들과 곤충들의 울음소리에
변하는 풍경들

맑은 하늘 맑은 공기
맑은 물줄기
어디서부터 흘러오는 것일까

아~ 아~
지금도 내 가슴 속에서
영원히 메아리 치고 있네

하나님의 영원한 사랑

부모님은 우리를 낳아
짝을 지어주면
한숨 돌리지만

하나님은 나의 생명을
온 천하보다
귀히 여기시네

죽음의 파도가 밀려와도
이 모든 것을 이길 힘은
하나님의 영원한 사랑뿐이네

하나님은 독생자를
주시기까지
이 죄인을 사랑하셨네

깨끗한 나라

굶주림이나
그 어떤 뼈아픈 노동
질병보다 더 아픈 것은
언어의 폭력일세

대한의 아들과 딸들이여
우리 모두 진실하여
깨끗하고 정의로운 나라
이룩하세

성격과 버릇

토끼의 집에는
토끼의 깃털이 날리고

여우의 집에는
여우의 깃털이 날리고

도깨비 집에는
도깨비의 그림자가 덮이고…

콩깍지 삼형제

하나는
변덕스러운 농부에게 팔려가
배가 고팠다 불렀다 하네

하나는
부지런한 농부에게 팔려가
아들 딸 잘 낳고 잘 사네

하나는
병든 농부에게 팔려가
시들시들하네

애꿎은 생명 숨질라

고래와 바다사자 싸움에
애꿎은 새우등 터질라

모기와 바퀴벌레 토벌에
애꿎은 나의 숨 막힐라

길 잃은 새

사둔의 영혼을 생각하며

다윗의 뿌리에서 새싹이 돋았네
그는 인류의 죄를 대속하기 위하여
십자가 위에서 보혈을 흘렸네
그 보혈을 믿는 자는 영생을 얻겠네

주님 나팔소리에
문빗장이 다쳤네
통곡소리 뿐이네
영원한 통곡소리 뿐이네

영원한 행복

봄이 오면 꽃이 피고
가을엔 낙엽이 지듯이

기쁨 후에 슬픔 있고
슬픔 후에 기쁨 있네

가시밭길 넘어
영원한 행복 찾아 가려네

하늘에서 온 편지

죽음도 생각하기 나름

죽음 앞에서도
마음의 평안을 간직할 때

고통 앞에서도
행복했던 과거를 상상할 때

만성 암의 죽음도
혼자만이 가야 하는 길

기뻤던 일만 상상해도
무통증으로

사랑, 행복, 고마운 마음은
죽음 앞에서도 웃음의 미소

시련을 극복하며

광야에 버려진
저 선인장
언제나 비바람 맞으며
뿌리가 내릴까

예수님 태양 되어
영양 공급 받고
예수님 달님 되어
포근히 안아줄 때

깊고 깊은 잠에서
깨어나
꽃향기 피우며
제 모습 뽐내리

가정과 나라를 생각하며

33인의 만세소리로
이 나라 온 강토에
메아리침같이

이 나라 바로 살 길
근검절약하고 애국애족하며
사랑으로 하나 될 때

새싹들에게
밑거름 되어
이 나라 빛내리

주님 오실 날 가까워

해 저문 달밤에
내 마음 부끄러워

십자가 온탕에
내 마음 목욕하고

주님 나팔소리에
내 마음 기뻐 넘치리

길 잃은 새

화분은 같으나
심기었다 뽑혔다 하는 나무들
길 잃은 새
마음을 조아리며
둥지를 짓는다

오늘도
심기었다 뽑혔다 하는 나무들
정들었던 둥지를
아쉬워하며 생각한다

또 내일은
어느 나무가 뽑히고 심기어질까 하며
쉬임없이
둥지를 짓는다

저 영원한 천국
참포도나무인 예수님을 생각하며
영원한 참포도나무의
둥지를 그리며 잠이 든다

112

화가들의 졸업장

선동이 중동이 하동이
화가들은 그림을 그린다
졸업장을 받기 위해
그림을 그린다

선동이 중동이 하동이
화가들은 그림을 그린다
먹물을 받아 조심조심
그림을 그린다

선동이 중동이 하동이
화가들은 그림을 그린다
졸업은 순서가 없다

선동이 중동이 하동이
화가들은 그림을 그린다
졸업장은 하얀 졸업장
까만 졸업장 둘뿐이다

이름 없는 프로그램

대문도 없는 집들 가장 가까운
이웃들 서로서로 도우며
격려해 주는 이웃들

시간 요일 월마다
변하는 주인공들 과거 현재
미래의 일로 꽃피우며

스크린에 비춰진 반가운 얼굴들
때로는 수박, 계란, 떡, 캔 등으로
정을 나누며 하루하루 꽃피우며

우리 모두의 건강과
행복을 위하여
힘찬 발걸음을 옮겨 딛는다

땅을 보며 하늘을 보며

땅도 하늘도 분주히 움직인다
선조들의 발자취와 숨결 따라
오가는 인생들의 발자취

땅도 하늘도 거짓이 없다
하나님이 지으신 창조의 원리로
사람으로부터 곰팡이까지 먹이고 입히신다

땅을 보며 하늘을 보며 배고픔 슬픔
질병이 없는 저 영원한 천국을
그리며 하루하루 짐을 벗어 놓는다

115

참 감사

주여 이 작은 머리에
지혜 주심을 감사드립니다

영원토록 함께하여 주소서
예수님의 이름으로 기도합니다
아멘(가장 무서웠던 일)

초등학교 2학년 때
친구와 숨바꼭질을 하다

친구가 무서워하므로 나와 동생은
그 친구를 문 앞까지 데려다주고

계단을 내려오던 중
젊은 아저씨 왈 너희들 거기 서!

그와 동시에 발바닥이 땅에
붙은 듯 꼼짝달싹도 못했다

밤늦게 다니지 마 어서 가!
그제서야 발걸음을 옮겼다

바른 교육

바른 교육이 있어야
미래가 보인다

미래가 밝아야
꿈이 이루어진다

모두의 꿈이
세계를 향하여 펼쳐질 때

대한민국은
세계의 리더가 될 것이다

117

소망

광야에 버려진 저 선인장
언제나 비바람 맞으며
뿌리가 내릴까

예수님 태양 되어
에너지 공급받고
예수님 달님 되어
포근히 안아줄 때

깊디 깊은 잠에서
깨어나
제 모습 뽐내리

인생의 마지막 펌프

목마르고 갈한 자가
이 생수를 마셨으면

병들고 소외된 자가
이 생수를 마셨으면

벼랑 끝에서도
이 생수를 마신다면

이 생수를 마시는 자가
이 생수의 주인이어라

이 생수는 예수님의 영원한
십자가 사랑이어라

영원한 기쁨

엉금엉금 아장아장 걸을 때는
무동을 타면
세상을 다 얻은 기쁨이지만

자라고 보니
보아야 할 것이 있고
보지 말아야 할 것이 있다네

이 진리를 깨달은 자만이
영원한 영생 복락을
누릴 수 있다네

120

영원한 평안

지구에도 해, 달, 별, 무지개
천둥, 눈, 비, 바람이 있듯이

가정에도 단맛 쓴맛 웃음과
눈물 풍랑이 있고

저 천국만이
우리의 영원한 안식처
평안과 기쁨이 넘치는 곳

121

지금까지 이해가 안 되는 일

네 살 때 하루는 마루 끝에 서 있었는데
아버지 왈
얘 내가 내일은 서울에 좀 다녀와야 하겠는데
너 봉석할멈하고 집에 있거라

나는 생각을 했다
어 내 볼 일 볼 줄 알고
어른들을 귀찮게 하는 일이 없는데
왜 안 데리고 가실까

그렇지만 내가 이해 못하는 무슨
귀찮은 일들이 있나 보다 하며
울며 따지지도 않고 고개를 끄덕

후에 알고 보니
교통이 나빠서 160리를
겨우 산판차에 의지하여 왕래

어느 때는 걸어서 왕래하실 땐
꼭꼭 도둑이 알고 와서
돈 내놔, 하면
준비하였다 던져주었다

가장 무서웠던 일

우리 삼형제는 밤마다 밤벌을 지켰다
갑자기 비가 내리던 날 밤
텐트 앞에 환한 불빛

아 저 불빛은 도깨비나 호랑이 불일 걸
하며 모두 엎드렸고 막내는 맨 안쪽 내 밑
동생은 가운데 나는 입구 내 나이 열넷

만약에 호랑이가 배부르면
동생들은 남겨놓을지도 몰라
생각하며 모두 엎드렸다

동생들은 겁에 질려 언니 지금은
어ー 나도 겁에 질려 아 나도 몰라
잠이 들었다 깨어 보니 아침

반세기 후에 알고 보니 그 불빛은
도깨비불 기간은 한 달
일 년 수확은 밤 이십 가마

육이오 때

공부를 마치고 집에 와 보니
집안이 난장판

알고 보니 악당들이 식량을
모두 가져간 것

그래서 160리를 걸어서
이틀 만에 고향에 도착

새 집을 지으려고 준비한 재목들을
인민군들이 들어와

하나씩 하나씩 방공호를 짓기 위해
말도 없이 모두 메고 나갔다

피난 갔다 와 보니 옛날 집은 타 버리고
빈터만 남고…

육이오 피난 때

가평에서 안성까지 걸어서 피난살이
한 달은 공회당에 머물러 살았다

나는 동생과 함께 나무하러 갔다가
장마물에 신발을 잃어버려
집으로 올라가는 길에
동생은 내게
언니가 내 신 신어

나는 고마웠다 그때 내 나이 열네 살
동생은 맨발로 집까지 걸어서 도착
난 좀 어리니까 덜 창피해

125

어느 날 어머님과 같이
고추장과 된장을 얻으려고
촌동네로 들어가면
아이들이 거지새끼 왔다고…

영원히 잊지 못할 얼굴들

우주의 비밀

언제나
동쪽에서 해가 떠서
서쪽으로 지곤 한다

날마다 되풀이되는 풍경들
소는 밭을 갈고 벌과 나비
곤충들은 춤을 추며 노래하고

봄이 오면 꽃이 피고 봄이 오면 나물 뜯고
여름이면 수영하고 가을이면 열매 먹고
가을이면 낙엽 지고 겨울이면 썰매 타고

저 산 너머에는 무엇이 있을까
거기에도 여기처럼
산과 개울 집들이 있을까

나는 몰라도 저 해와 달은 알 거야
그런데 학교를 가 보니
온 우주가 공처럼 구르는 것을…

128

효자

우리나라 초등학생 남아가
반세기 전 부모님을 위해

날마다 몇 십 리를 걸어서
산속에서 약수물을 떠다

십년을 하루같이 봉양
지성이면 감천이라

모든 질병이 뚝
떨어졌다고…

129

함께할 때

백지장도
맞들면
낫듯이

고민도 슬픔도
함께할 때
가볍고

일도
함께할 때
수월하고

지혜도
함께할 때
더불어 더 좋은
지혜가 나온다

감사한 우리 언니

언니언니 우리 언니
고마우신 우리 언니

슬픔과 고통을 믿음으로 이겨내신
자랑스런 우리 언니

올케 언니께 하루에 절을
백 번씩 한들 갚을소냐

저 천국에는 언니의 상금이
가득 가득 채웠으리

성령의 맛

성령 충만할 때
성경 말씀을 모두 소화하고

성령 충만할 때
성령의 맛을 알고

성령 충만할 때
성령께서 나로 더불어 눈물로 탄식

성령 충만한 그 시절
다시 왔으면

성령 충만할 때엔
기도할 때도 힘이 솟고

성령 충만할 때엔
온 우주를 다 사랑하고

성령의 체험은
우리의 신앙을 바르게 한다

자유를 찾아 육십오만오천오백 시간을 넘다

파도와 함께
흘러간 시간들

맑은 날보다
흐린 날이 더 많았고

반짝 해 뜨는 날보다
천둥벼락이 더 심했고

쓰러지고 넘어짐이
다시 반복되었던 시간들

그 시간들은
육십오만오천오백 시간들

이제 남은 시간들은
광명이 넘치는 시간들 뿐

이혜란 그동안 수고 많았다
이제 넌 상 받을 일만 남았어!

망하고 흥하는 것 하나님 손안에

누구는 한 집에서 세를 살면서
콩나물 공장에 물이 모자란다고
봉해 놓고 혼자만 쓰더니
샘물이 점점 줄어
콩나물을 모두 썩혀 버렸고

다른 사람이 이사를 와
물이 모자라도 같이 써야 한다며
뚜껑을 열어 놓은 후
샘물이 점점 차 넘쳐흐르더라

대한의 등불

대한의 등불들이여
어두움의 세력을 물리치소서

대한의 십대들이여
온 세계를 비추는 등불이 되소서

추수 때가 다가오는 이때
하나님의 뜻을 순종하는 추수꾼이 되기를

하나님은 자나 깨나 한 심령이라도
회개하고 돌아와 구원받기를 간절히 바란다오

한 심령을 온 천하보다 귀히 여기시는
주님의 품으로 속히속히 돌아오시오

절름발이 병든 자 죄인들까지 품어주시는
주님의 사랑의 품으로 모두모두 오시오
아멘!

삼행시 친구

조 조금씩 조금씩
미 미우나 고우나
자 자비로 답하리

이 이 나라
금 금수강산
자 자연의 보고

이 이슬비
순 순하게 순하게
자 자연을 덮는다

송 송이송이 꽃송이
봉 봉오리마다
순 순하게 순하게 잘도 자란다

이 이런 일 저런 일
혜 헤쳐 나간다
란 란초길 활짝 열렸네

136

천국에서 가장 귀한 면류관

하나님은 한 생명을
온 천하보다 귀히 여기신다

그러니 한 생명이 영생함을 받는 것이
가장 귀한 면류관

그러하니 나는 죽기 직전까지
전도하며 살아가리

나의 친구

코스모스 나의 친구야
너는 언제 나의 영원한 벗이 될래

나도 그랬듯이
자녀들은 장성하면 떠나지만

나의 영원한 벗은
너뿐인가 하노라

너와 나의 영원한 만남은
만 오년의 기다림이 필요하겠지

친구야 대통령도 박사도 모두가 너의
진실한 사랑을 받아보지 못하면

얼마나 불행한 삶이런가
나는 알았기에 더욱더 사모하노라

나의 소망

일차 오년이 차면
해방의 날이 오겠지

일차 오년이 차면
단짝 친구와 단꿈을 꾸겠지

이차 오년이 차면
나의 보금자리가 생기겠지

삼차 오년이 차면
마음의 빚도 청산하겠지

사차 오년이 차면
영원한 나라 천국으로 이사하겠지

139

교통사고

어느 날 옆집 영숙이 아빠가
갑자기 교통사고로
세상을 떠났다

나의 큰아들은 네 살
상여가 떠나는 것을 보고
엄마 저 집에는 왜 울어

응 영숙이 아빠가
교통사고로 돌아가셔서
땅에 묻어 드리려고

아들은 발을 동동동 구르며
나도 엄마 아빠 돌아가면
땅에 꼭꼭 심어 드려야지

나뭇잎의 사명

따스한 봄에 태어나
하늘과 땅의 기를 듬뿍 받아

여름이면 양산 부채도 되어주고
멋진 그림으로 등장하여

가을이면 예쁜 단풍으로 변장하고
아우들에게 임무를 후임

말없이 왔다가 지나는 나뭇잎처럼
나의 혼신을 다하고 싶구나

141

자녀들의 아픔

어느 때는 죽음을
대신하고 싶을 만치 아팠고

어느 때는 왼팔이
떨어져 나가는 아픔을 느꼈고

어느 때는 오른팔이
떨어져 나가는 아픔을 느꼈다

영원히 잊지 못할 얼굴들

칠십이 년째 살아온 시간들
가족 친척 이웃들의 얼굴들

칠십이 년째 살아온 시간들
친구 스승 잠깐씩 스쳐가는 얼굴들

칠십이 년째 살아온 시간들
떠오르기 싫은 얼굴들이 있는가 하면

칠십이 년째 살아온 시간들
보석같이 빛나는 얼굴도 있다

143

선한 목자 예수님

양은 목자의 음성을 듣고
목자는 양의 음성을 알고
선한 목자 예수님은 항상
양을 바른 길로 인도하시고
예나 지금이나 변함이 없으신 예수님

이 목자장 예수님을 잘 붙들면
영생길로
목자의 음성을 외면하면
멸망의 길뿐

아아 참목자 예수님의 음성을 듣고
우리 모두 생명길로 갑시다
여호와 나의 목자 내게 부족 없네
그는 영원히 나를 지키시리로다

호랑이한테 물려가도

누구는 도둑이 들어와
돈 내놔 하니까
응 나 돈 없는데

어디 내가 뒤져보면 알지
그런데 서랍 속에서
육만 원이 나오자 이건 뭐야

응! 그건 계 태울 돈이거든
다 가져가지 말고
만원만 남겨놓으시지

그건 왜?
약을 사먹으려고
어 별 일일세

강도가 나간 뒤
온몸이 후들후들

145

칠칠년에는

태양이 불끈 솟아오르겠지
기쁨의 수확만 들리겠지

마음의 상처도 치료되겠지
나의 꿈은 이루어지겠지

천둥 벼락 모두 사라지겠지
평안과 소망이 넘치겠지

아슬아슬한 구름다리도 완성
타작의 소리만 들리겠지

진달래 무궁화도 마음껏 심고
평화와 통일도 오겠지

근심걱정이 모두 사라지겠지
기쁨의 보화가 가득 넘치겠지

살아있는 남이섬

남이섬은 살아있는 섬
한 알의 씨앗이 바로 심기었기에

아메리카 대륙을 발견한
콜럼버스처럼

그는 네 살 때부터 동절에도
창문을 열고 몸을 단련시켜

드디어
아메리카 대륙을 발견

한 달 봉급 백원으로 시작하여
남이섬을 살린 희생의 인물

이혜란 시집

하늘에서 온 편지

•

지은이 / 이혜란
발행인 / 김영란
발행처 / **한누리미디어**
디자인 / 지선숙

•

08303, 서울시 구로구 구로중앙로18길 40, 2층(구로동)
전화 / (02)379-4514, 379-4519
Fax / (02)379-4516
E-mail/hannury2003@hanmail.net

•

신고번호 / 제 25100-2016-000025호
신고연월일 / 2016. 4. 11
등록일 / 1993. 11. 4

•

초판발행일 / 2017년 6월 15일

•

ⓒ 2017 이혜란 Printed in KOREA

•

값 10,000원

※잘못된 책은 바꿔드립니다.
※저자와의 협약으로 인지는 생략합니다.

ISBN 978-89-7969-744-5 03810